AF447501

AMINA CISSE

DEVI AVER SOFFERTO
PER DIRE
CHE HAI AMATO

◆

EDIZIONI WE

ISBN 979-12-5497-193-2

©2024 Edizioni WE di Nicola Bergamaschi
Via Paulli 10/A – 26015 – Soresina (CR)

www.clickpertutti.com
www.edizioniwe.com
www.facebook.com/edizioniwe
www.instagram.com/edizioniwe
info@edizioniwe.com

PREFAZIONE

Cari Lettori,
è un onore per Edizioni We pubblicare e presentare un libro come quello di Amina Cisse.

È un'opera importante per le numerose e sicuramente non semplici tematiche affrontate che ci devono assolutamente spingere a riflettere e agire.

Alcuni dei passaggi contenuti in questo testo sono dei veri e propri pugni nello stomaco, ve ne renderete conto leggendolo.

È un libro che, a mio parere, dovrebbe essere adottato da tutti gli Istituti di Istruzione Superiore e commentato in aula da professori e studenti.

Ringrazio l'Autrice poichè non deve essere stato facile per lei scrivere queste pagine e, proprio per questo motivo, vi invito ad accostarvi a questa lettura con profondo rispetto.

L'Editore

DEVI AVER SOFFERTO

PER DIRE

CHE HAI AMATO

◆

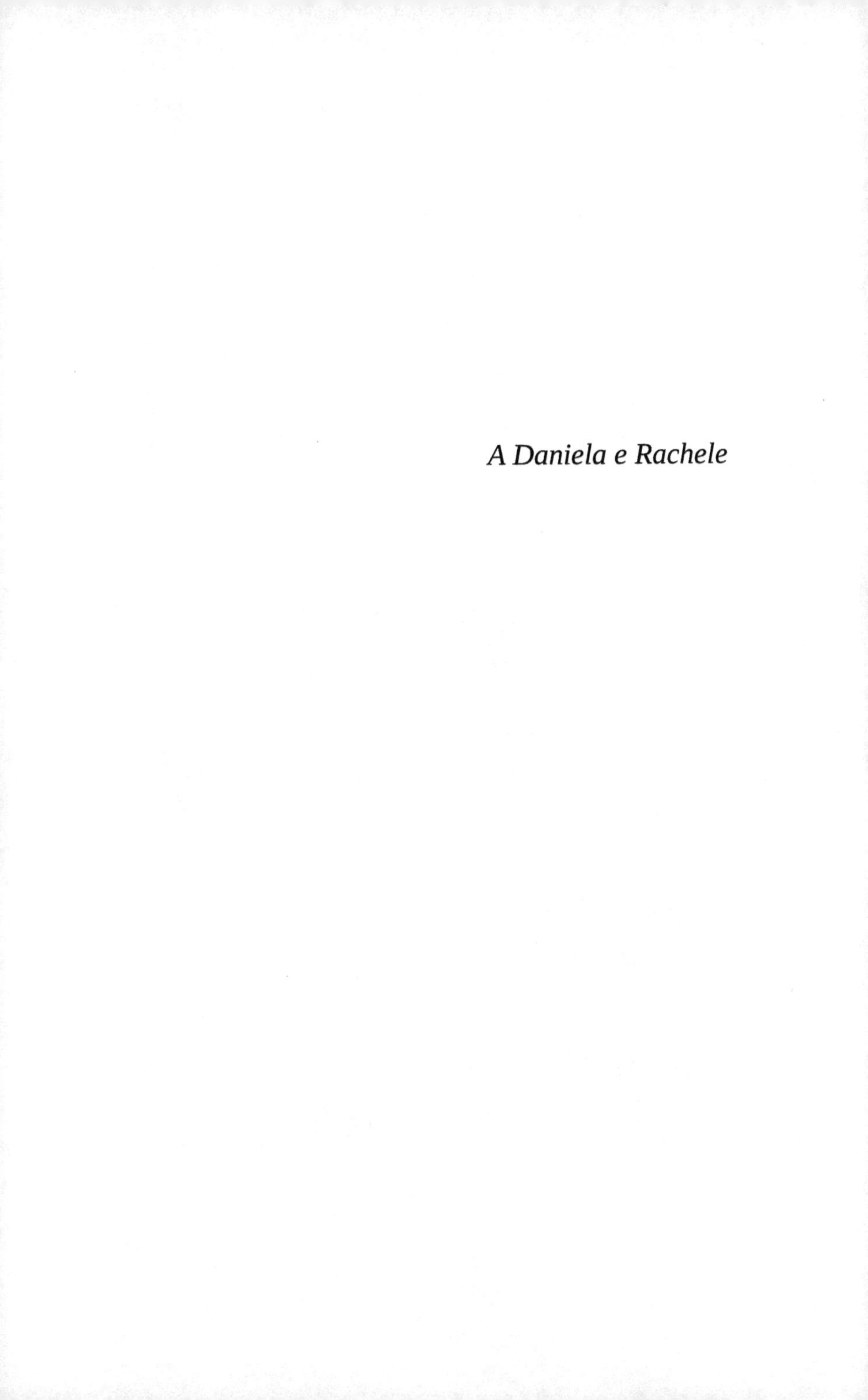

A Daniela e Rachele

"Caro Diario ti scrivo perché ho paura ..."
da *Ho Paura* di Mose

L'INIZIO DI TUTTO

Ci sono due piccole città nel Senegal: Saint-Louis e Touba. Lì sono nati i miei genitori: Maryam e Ismael tra gli anni '60 e '70. Entrambe le famiglie in cui sono nati, erano rispettose della propria cultura e molto religiosi, e pretendevano che anche i loro figli facessero lo stesso.

In quegli anni per aiutare le famiglie numerose, i genitori mandavano i figli maschi a vivere in una città, Kaolack, insieme a dei santoni chiamati marabout; rinunciando alla spensieratezza e all'allegria dell'infanzia. Kaolack è una piccola cittadina del Senegal, a sud-est della capitale Dakar, tra le cittadine più povere del Paese. Camminando per la città si incontravano case di un solo piano, dalle pareti scrostate e dai tetti pericolanti; o negozietti improvvisati in baracche luride. L'aria era afosa, pesante, si respirava la sabbia rossa che si sollevava ad ogni folata di vento e i bambini, come Ismael, trascurati e dagli abiti laceri circondavano i toubab (i bianchi) in cerca di elemosina da portare a casa, dai marabout che li ospitavano.

Tra i marabout e le famiglie che mandavano i figli maschi a vivere con lui, si stabiliva un accordo, il santone prometteva di non far mancare nulla a quei figli: l'educazione scolastica in moschea, lo studio del Corano e la gerarchia dell'alimentazione. In cambio i bambini dovevano portare loro il ricavato dell'elemosina, altrimenti ne avrebbero pagato le conseguenze con violenze e torture. Le figlie femmine invece, fin da piccole, dovevano imparare ad aiutare in casa con le faccende domestiche o cucinando, come se fossero già adulte, dovevano imparare in fretta a gestire la casa e i figli; il loro compito, il loro futuro.

Crebbero così, in fretta ed in una cultura profondamente radicata nella tradizione, in cui ogni gesto quotidiano era intriso di valori antichi e religiosi, ma al contempo lasciava poco spazio ai sogni individuali e alla libertà di scelta.

Una delle usanze culturali del Paese era quella di far sposare i figli con altri partenti della stessa famiglia. Questo destino toccò anche a Maryam e Ismael, cugini di primo grado, che all'età di l'una di sedici e l'altro di trentun anni convolarono a nozze, sottostando alla cruda realtà della loro cultura, rinunciando ai propri sogni e ad altri amori.

In vent'anni di matrimonio ebbero cinque figli, tra cui il secondogenito Lamine.

ISMAEL E DENISE

Dopo le nozze e la notizia di una seconda gravidanza, Ismael decise di trasferirsi in Italia per sostenere economicamente la famiglia che si stava allargando, raggiungendo così i suoi fratelli che lavoravano già come autisti di camion nel Bel Paese. Il lavoro sarebbe stato ben retribuito e in più Ismael avrebbe avuto la possibilità di viaggiare nel continente europeo.

Il giovane uomo si ambientò facilmente, quando non lavorava, nel fine settimana amava andare a ballare con uno dei suoi fratelli e i loro amici. Frequentavano spesso una famosa discoteca di Vicenza. Il locale era visitato sia da africani che da tanti italiani che amavano la musica afro, hip hop e reggae. In una di quelle uscite, Ismael ebbe occasione di conoscere Denise e altre sue amiche.

Denise era una giovane donna del sud Italia, sulla quarantina, che viveva a Trento.

Tra i due giovani si instaurò nel tempo una profonda amicizia, ricca di confidenze e fiducia. Denise era una donna sola, usciva da una relazione complicata da cui era nato un figlio, e si barcamenava tra il lavoro in banca e la vita di tutti i giorni.

Ismael confidò a Denise della sua famiglia, della sua città natale, delle sue tradizioni e soprattutto della nascita del suo secondogenito, Lamine, che non aveva ancora conosciuto.

Durante i suoi racconti Ismael espresse a Denise le preoccupazioni riguardo allo stato di salute di quest'ultimo. Infatti, Maryam sua moglie, aveva diversi timori in merito.

LAMINE

Accompagnato dal brano:
"Jakaarlo" - Ndogo Lo
(brano senegalese)

Il 10 ottobre del 1995 alle 10.00 di mattina, nacque Lamine nella casa di Saint-Louis. Gli diedero questo nome perché nella cultura senegalese, nel rispetto dei valori della famiglia, si usava dare il nome degli zii o dei parenti più stretti.

Lamine nacque intorno al sesto mese di gravidanza, ma fin da piccolo dimostrò una grande voglia di vivere, malgrado i gravi problemi di salute che furono in seguito diagnosticati. Maryam, si accorse da subito che il figlio aveva difficoltà respiratorie e degli organi genitali inappropriati al contesto famigliare e sociale in cui era nato.

Dopo la nascita della creatura, una parte della famiglia pensò a lungo che Maryam durante la gravidanza facesse uso di sostanze, che potessero aver causato la nascita prematura del bambino e le conseguenti patologie. Infatti, a Lamine fu diagnosticata la pervietà del dotto di Botallo e l'ermafroditismo.

Confrontandosi con i suoi genitori e i suoceri, la neo-mamma decise di portare Lamine, all'ospedale più vicino per farlo visitare, sperando di capire se si potesse fare qualcosa per curarlo. Venne detto loro che bisognava urgentemente portarlo in Italia se volevano che la creatura venisse visitata e curata da medici competenti, perché purtroppo nel loro paese non c'erano abbastanza risorse per poterlo fare. A quel punto Maryam decise di chiamare il marito per comunicargli la notizia, e Ismael decise di tornare immediatamente a casa.

Preso atto della situazione medica del suo secondogenito, Ismael si sfogò telefonicamente con Denise, con cui mantenne i contatti. La giovane donna preoccupata della situazione, decise di partire per il Senegal cercando il modo per aiutare la famiglia e soprattutto il piccolo Lamine. Una volta arrivata, Denise comprese la gravità delle condizioni in cui versava il bambino e insistette con Ismael affinché lo curasse in Italia, dopo qualche giorno lei rientrò a casa. In seguito, Ismael si confrontò a lungo con la moglie, infine decisero che sarebbe partito per l'Italia con Lamine.

PADOVA

Accompagnato dal brano:
"Jakaarlo" - Ndogo Lo

Nel frattempo, in Italia, Denise si preparò all'arrivo del piccolo Lamine. Prese un mese di aspettativa dal lavoro, per essere presente durante le numerose visite mediche, e fare gli acquisti necessari per accoglierlo.

Denise si presentò in aeroporto con le borse piene di vestiti pesanti per affrontare la stagione invernale e il peluche a grandezza naturale di un dalmata che accolse Lamine e che sarebbe rimasto con lui per tutta la vita.

Il bambino che aveva ormai due anni e mezzo, aveva ancora le dimensioni di un neonato; era talmente piccolo che quando le persone lo prendevano in braccio avevano il timore di fargli male.

I tre proseguirono il viaggio verso Trento, città natale di Denise, e si recarono in ospedale per effettuare le prime visite e per capire come curare Lamine.

Il piccolo rimase ricoverato lì per un mese, era denutrito e le sue condizioni di salute peggioravano giorno dopo giorno. Concluse le visite, i dottori parlarono con Denise e Ismael cercando di spiegare loro che era necessaria una struttura più adeguata alle condizioni del bambino. Decisero così di chiamare l'ospedale Universitario di Padova per accordare il trasferimento immediato che avvenne in elicottero.

Terminato il trasferimento, anche l'aspettativa di Denise giungeva al termine, per cui sorsero delle discussioni tra Denise e Ismael e quest'ultimo e i suoi fratelli. Nonostante Ismael avesse assicurato a Denise il suo supporto e quello dei fratelli, nessuno si era mai presentato in ospedale. Si scoprì infatti, che nessuno era a conoscenza dell'arrivo di Lamine in Italia. Non avendo altra scelta, Denise decise di organizzare una riunione con Ismael e tutti i suoi fratelli per gestire la turnazione in ospedale in seguito agli interventi. Purtroppo però, ci fu un litigio molto acceso e violento tra i fratelli, il cui il risultato fu il dissenso sull'aver portato Lamine in Italia e sul farlo gestire a una donna bianca che non conosceva la loro cultura ne religione, nonché una profonda vergogna per le scelte fatte.

Nel frattempo, in Senegal, Maryam era rimasta incinta della terza figlia, per cui non poteva viaggiare. Quest'ultima prese il nome di Astù, ed in seguito alla sua nascita, in accordo con i nonni paterni e materni, Maryam preparò i documenti e partì per l'Italia per raggiungere il marito e il figlio.

Al termine di tutti gli esami effettuati dai dottori su Lamine, i medici comunicarono la diagnosi a Denise e Ismael, confermando quanto detto dagli ospedali visti fino a quel momento. Il piano chirurgico prevedeva due interventi: uno molto delicato al cuore ed uno di riassegnazione del sesso: che prendeva in considerazione la predominanza di organi e cromosomi femminili.

Ismael reagì molto male alle notizie, e iniziò ad essere arrogante e presuntuoso nei confronti dei medici, che decisero di lasciargli qualche giorno per rifletterci e decidere. Era combattuto tra il forte desiderio di avere un secondo figlio maschio e l'ignoranza in materia, che avrebbe potuto uccidere Lamine. Denise provò a farlo ragionare, spiegandogli cosa sarebbe accaduto se lui avesse continuato a negare l'intervento. Qualche giorno dopo, Ismael comunicò ai dottori che potevano procedere con gli interventi.

Prima dell'operazione i dottori fecero firmare dei documenti a Ismael e Maryam, che nel frattempo era arrivata in Italia, spiegando loro che c'erano poche probabilità di sopravvivenza ad un intervento del genere poiché era molto delicato e difficile da eseguire. La prima operazione a cui Lamine si sottopose fu quella al cuore, e miracolosamente non ci furono complicazioni.

Dopo qualche giorno fecero il secondo intervento, per la riassegnazione del sesso, fu il primo ad effettuarsi presso l'ospedale Universitario di Padova, infatti i specializzandi presero parte l'operazione tramite una videolezione. Andò tutto a buon fine, nonostante i dottori avessero il timore di incontrare complicazioni, e comunicarono ad entrambi i genitori e a Denise, che si doveva attendere il giorno seguente per avere maggiore certezza del superamento al secondo intervento.

Lamine venne trasferito nel reparto di cardiologia dove fu tenuto in incubazione per nove mesi, disteso su un lettino, con tanti tubicini per riuscire a respirare e nutrirsi.

Denise chiese altri nove mesi di aspettativa dal lavoro per riuscire a seguire al meglio la convalescenza, di giorno e di notte. Viaggiava da Trento a Padova quasi ogni giorno e si presentavano molte persone vicine a lei in ospedale: familiari e amici a giorni alterni. C'erano delle volte in cui i medici rimandavano tutti a casa perché non davano loro l'accesso in cardiologia, per via di complicanze alla salute di Lamine.

Ismael invece si presentò raramente per via del lavoro o per mancato interesse.

RAPPORTI TRA ISMAEL, MARYAM E DENISE

Accompagnato dai brani:
"Il sole e la luna" - Club Dogo
"La più bella" - Anna Tatangelo
"Come mia madre" - Giordana Angi
"Quante volte ad aspettarti" - Giordana Angi

Passata la convalescenza e le numerose visite di controllo, Denise aveva terminato anche l'aspettativa dal lavoro, quindi su richiesta di Ismael decise di portare con sé il bambino a Trento per accudirlo al meglio e continuare a seguirlo nella guarigione.

Denise dovendo tornare alla vita di tutti i giorni decise di iscrivere Lamine alla scuola materna nella zona di Trento in cui vivevano. Fortunatamente non era sola a dover star dietro al bambino, perché con lei c'erano sua sorella Felicia e il cognato Mike, ma anche Rose la zia di Mike.

Spesso capitava che Denise finisse di lavorare tardi, così a turno Felicia e Rose andavano a prendere Lamine a scuola e lo portavano a casa loro fino al rientro di Denise.

In occasione del terzo compleanno di Lamine, Denise decise di organizzare una festa grandiosa anche per festeggiare la rinascita del bambino che aveva assunto il nome di Amina. Alla festa parteciparono amici e parenti e anche Maryam.

Il rapporto tra quest'ultima e Ismael, e tra loro e Denise non fu mai positivo, litigavano sempre per qualsiasi cosa, tentando di tener fuori Amina.

Non sempre ci riuscirono, un giorno infatti Ismael, su richiesta di Maryam, andò a Trento da Denise con l'intenzione di discutere dell'affidamento. In realtà lui non poteva decidere nulla per Amina, perché in Italia era seguita dall'assistente sociale dal momento del suo arrivo.

Quel giorno litigarono pesantemente, a tal punto che Ismael decise di portare con sé Amina senza il consenso di nessuno e senza pensare ai loro sentimenti.

Denise ormai era una madre a tutti gli effetti per Amina, ed entrambe iniziarono a piangere mentre Ismael afferrava la bambina per il braccio trascinandola fuori. Arrivati al parcheggio, tra le urla disperate della donna, Ismael spinse la bambina contro la portiera senza rendersi conto che la testa le sbatteva sul metallo gelido.

Ma nulla contò, perché Ismael la ficcò in macchina, chiuse la portiera e partì. Amina pianse per tutto il viaggio, sommessa e spaventata che le venisse fatto ancora del male. Nel frattempo Ismael cercava di darle false rassicurazioni in senegalese, dicendole che Denise non era sua madre, che doveva dimenticarla e che adesso l'avrebbe condotta da Maryam.

Dopo tante e tristi ore di viaggio, i due arrivarono in provincia di Verona, dove "finalmente sarebbero stati una famiglia".

FAMIGLIA

In silenzio

Al momento del mio arrivo in quei luoghi, mi sono sentita un pesce fuor d'acqua non sapevo dove e con chi fossi, e per quattro lunghissimi anni è stato così, non avevo nessun approccio verso i miei genitori, alcuna comunicazione, il silenzio.

Non sapevo come parlargli non sapendo la mia lingua d'origine, avevo imparato solo l'italiano. E poi, non avevo assolutamente voglia di parlare, volevo solo tornare da Denise, sentivo la sua mancanza, e di conseguenza mi chiusi a riccio.

Una volta arrivata in *famiglia* mi diedero il tempo di ambientarmi, cosa che non successe mai, poi decisero di iscrivermi a scuola solo perché era previsto dalla legge italiana.

Di quegli anni ho molti ricordi: alcuni molto vividi, altri meno. So che furono tra gli anni peggiori della mia vita, non mi sono mai sentita a mio agio in classe e tante volte mi sono sentita sbagliata, per vari motivi. C'era il colore della mia pelle, per cui spesso venivo presa in giro e ciò mi faceva chiudere ancora di più in me stessa. C'era la lingua. C'era la mia identità. C'era la mia famiglia. Non facevo amicizia con nessuno ed ero infinitamente triste, volevo solo tornare a rifugiarmi tra le braccia di Denise. Ricorderò sempre le ricreazioni in cui stavo in disparte, non parlavo con nessuno e a stento lo facevo con mia sorella, nonostante fosse la mia prediletta.

In realtà, sentivo sempre di più la mancanza di Denise, non potevo più vederla né sentirla, dovevo dimenticarla come mi era stato richiesto e mio padre le aveva negato qualsiasi contatto. Un giorno, mentre ero a scuola, piansi talmente tanto che una maestra mi chiese cosa avessi. Le risposi che mi mancava la mamma, e lei non capendo mi chiese se volessi chiamare Maryam. Le risposi che no, lei non era mia mamma, e non potevo raggiungere quella vera.

Dopo quell'episodio le maestre si fecero delle domande e vollero parlare con mio padre, che spiegò loro della figura di Denise, che era stata come una babysitter temporanea; le maestre non gli credettero granché, ma chiusero la discussione per non peggiorare le cose.

Nel frattempo Denise, a cui mancavo molto, decise di rischiare e incasinarsi la vita, venendo a trovarmi. Lo fece insieme a zia Rose e venendo al cancello della scuola, chiedendo di vedermi. Le maestre risposero che non potevano entrare ma capirono subito chi fosse; dovettero però avvisare mio padre, che aveva imposto le sue regole e che venne a sapere della visita mancata. Si arrabbiò molto e decise di chiamare subito Denise, minacciandola di denunciarla se avesse tentato ancora.

ROSE

Accompagnato dai brani:
"Tutte le cose che io so" - Alessandra Amoroso
"Ovunque sarai" - Irama

Tutte le cose che io so... sono il risultato dei tanti momenti vissuti con persone che hanno lasciato un segno indelebile nella mia vita. Tra tutte, Rose occupa un posto speciale. Lei non è stata solo una zia per me: è stata una guida, una compagna di avventure, una seconda madre. Anche se riuscirete a comprenderlo meglio più avanti.

Rose era sposata con Frank, e insieme vivevano a Trento, una città che sembrava accoglierli con la stessa serenità che caratterizzava la loro famiglia. Il loro figlio, Matt, aveva costruito la sua vita in una città emiliana, ma la distanza non aveva mai ridotto l'amore che li univa.

Generosa come poche persone, Rose era il rifugio sicuro in cui cercavo conforto e gioia. Ricordo ancora il suo sorriso quando mi veniva a prendere all'asilo, con la sua bicicletta fedele. Mi metteva nel cestino davanti a lei, per proteggermi e per poter rispondere con attenzione alle mille domande che le ponevo durante il tragitto. La mia curiosità sembrava non avere fine, e lei, con una dolcezza infinita, trasformava ogni risposta in una piccola lezione di vita. Ogni tanto ci fermavamo, e chiunque la conoscesse si fermava per farle i complimenti per "quella bambina così vivace e carina". Lei rispondeva con orgoglio che ero sua nipote, ma il suo tono faceva capire che per lei ero molto di più.

Rose era profondamente religiosa, una fede che viveva con serenità e condivisione. Mi insegnava a pregare, ma lo faceva con dolcezza, mai imponendo, sempre invitando. Ricordo le nostre preghiere prima dei pasti, il rito della domenica mattina in chiesa, e quel senso di pace che sembrava accompagnarla sempre. La sua religiosità, però, era piena di comprensione e umanità, come dimostrò quel giorno in cui cedette alle mie insistenze di assaggiare il prosciutto. Lo fece con la complicità di un segreto, e quando Denise scoprì tutto, si limitò a sorridere, accettando che la mia strada spirituale non poteva essere forzata.

Le vacanze estive con lei e Frank erano un altro dei momenti più belli della mia infanzia. Spiagge infinite, giornate piene di sole e, naturalmente, le nostre scampagnate in bicicletta. Anche lì, il cestino della bici era il mio trono, da cui osservavo il mondo con occhi curiosi, sentendomi al sicuro con lei che pedalava davanti a me. Nei giorni di pioggia, invece, ci rifugiavamo in casa, dove lei mi insegnava il punto croce. A dire il vero, ero più affascinata dal modo in cui le sue mani esperte si muovevano, trasformando un semplice filo in piccoli capolavori.

Rose non era solo una parte della mia vita; era un faro che illuminava i miei giorni, una persona che ha saputo arricchirmi con la sua semplicità, il suo amore incondizionato e i suoi insegnamenti silenziosi.

ABUSI

Accompagnato dal brano:
"Caramelle" - Pierdavide Carone
ft. Dear Jack

Spesso e volentieri non è facile parlare di abuso sessuale infantile, soprattutto se quando ne parli con i tuoi genitori ti fanno credere che è frutto della tua immaginazione e sottovalutano il problema. In questo capitolo vorrei raccontarvi un episodio molto doloroso e difficile della mia vita che è successo quando avevo circa otto anni.

Non è stato facile ripercorrere e descrivere questo periodo traumatico ma penso che sia doveroso farlo perché vorrei poter aiutare altri genitori ad aprire gli occhi e intervenire nel più breve tempo possibile. Io non ho avuto questa fortuna, quindi spero attraverso la mia testimonianza di poter aiutare altre vittime e le loro famiglie.

Come dicevo avevo otto anni e mia sorella Astù ne aveva sei. Vivevo ancora in provincia di Verona con i miei genitori.

Di quel maledetto giorno posso dire che ricordo ogni minimo particolare e dettaglio... invece di lui non ricordo granché, si chiamava Michael e aveva sedici anni, aveva una sorella all'incirca dell'età della mia e tra loro erano molto legate. Spesso passavamo i fine settimana insieme perché entrambe le famiglie erano molto amiche.

Michael sembrava un ragazzo amorevole e premuroso, infatti mi affezionai fin da subito a lui e lo ritenevo come un fratello maggiore col quale sfogarmi quando lo ritenevo opportuno. È stato molto presente nelle nostre vite e ci aiutava anche con i compiti.

Un fine settimana come tanti altri, io e la mia famiglia fummo invitati a passare una giornata dai genitori di Michael e sua sorella, mio padre non lavorava e mia madre Maryam spesso e volentieri si annoiava a stare a casa tutto il giorno, quindi accettammo.

Io e Astù eravamo molto felici. Io molto di più, perché non vedevo l'ora di passare del tempo con Michael e soprattutto non vedevo l'ora di giocare con lui, con cui mi sentivo libera di fare quello che volevo.

Una volta arrivati, pranzammo tutti insieme come una grande famiglia, in seguito noi bambini andammo a giocare in una camera matrimoniale. Michael giocava, osservava ogni movimento che facevamo io e mia sorella e si sedeva vicino a noi; questo comportamento lo percepivo come protettivo nei nostri confronti e quando ad esempio ci accarezzava la guancia pensavo fosse un atteggiamento che i fratelli maggiori potevano avere nei confronti delle loro sorelle, quindi lo ammiravo e mi faceva molto piacere.

Quel giorno, mentre giocavamo però, ad certo punto, Michael mandò fuori dalla stanza sua sorella e rimanemmo solo noi tre. Io pensavo che lo avesse fatto per giocare da soli, ed inizialmente fu così. Ci sedemmo sul letto tutti e tre ed iniziammo a parlare del più e del meno, poi all'improvviso lui iniziò a toccare mia sorella sulla coscia, e io vidi tutto ciò con la coda dell'occhio. Speravo di aver visto male e non dissi nulla, anche perché in quel momento ero molto confusa su ciò che stava accadendo e credo fosse così anche per mia sorella.

Dopo qualche minuto mia sorella si rese conto che quello che stava accadendo era inadeguato, quindi gli spostò la mano bruscamente, ma lui riprese a toccarla come se niente fosse, iniziando a palparle anche il seno. Fu in quel momento che mi arrabbiai, urlandogli di lasciarla subito in pace. Ebbi paura, perché mi resi conto che stava accadendo qualcosa di grave ed ero in pericolo. Lui mi rispose di stare zitta e che avrei passato dei grossi guai se avessi detto qualcosa a qualcuno.

Rimasi in silenzio e iniziai a piangere, Michael iniziò a baciare mia sorella con la lingua, e lei si spostò e gli tirò uno schiaffo che mi sembrò fortissimo, rimase in silenzio ma la sofferenza era palese. Per proteggerla in quel momento, mi proposi al suo posto, e lui uscì dalla camera. Pensavamo di essere libere, che fosse stato un gioco stupido e invece lui tornò in camera con una sedia, una corda e una bandana. Disse a mia sorella di sedersi, la legò e la imbavagliò in modo che potesse solo guardare.

Si avvicinò a me ed iniziò a guardarmi, a toccarmi e a baciarmi prima lentamente e, poi, con sempre più foga e aggressività, arrivando al seno e alle zone più intime. Iniziò a spogliarsi e mi buttò sul letto, stendendosi sopra di me, mi penetrò e, nonostante io mi dimenassi per rifiutarlo, cercando di liberarmi da quel mostro, ero davvero troppo minuta per riscuotere qualche esito.

Iniziai a urlare, ma nessuno arrivò mai a salvarmi.

Volevo solo finisse tutto.

Ho sempre pensato che qualcuno dovesse avermi sentita, e sono tanti i motivi per cui potrebbero non essere venuti. Ad esempio la necessità di farmi sposare, come prevedeva la nostra religione e cultura senegalese.

Nel frattempo, mia sorella cercava di slegarsi e riuscì ad urlare, mentre lui gli ordinava di tacere. Non so per quanto tempo durò, ma sembrò eterno. Speravamo in una bella giornata con gli amici, invece divenne un incubo. Non elaborai subito quanto avvenuto, da piccola pensavo di poterlo dimenticare, quando da adulta iniziai a riesaminare la mia vita mi resi conto della rabbia e del disgusto che avevo provato per i miei genitori, che per l'ennesima volta non ci hanno salvate, non ci hanno viste, ci hanno ignorate nel bisogno più estremo. Non potrò mai perdonarli per questo.

L'INCUBO IN UNA NOTTE

**Accompagnato dal brano:
"Vietato Morire" - Ermal Meta**

Maryam è sempre stata una donna molto dipendente da suo marito, in tutto e per tutto, da brava senegalese era convinta che amare volesse dire sottostare alle regole imposte da lui. Quindi quello che successe in quest'occasione fu quasi normale... Se non fosse che c'ero anche io.
In quel periodo, in cui vivevamo tutti insieme, sempre intorno ai miei otto anni, mio fratello ne aveva dieci e mia sorella sei. Un sabato qualunque, verso l'ora di cena mio padre rincasò da lavoro, e tutti lo stavamo aspettando per cenare.
Dopo cena ci recammo in sala a guardare la televisione e poi andammo tutti a letto. I miei genitori non hanno mai avuto quel che definiremmo un bel rapporto, Maryam è sempre stata molto gelosa e nonostante non si dimostrassero amore reciproco, la cultura imponeva di comportarsi in una certa maniera. Non gliene faccio una colpa, ognuno è figlio della sua cultura e della sua storia familiare; ed io stessa non pretendevo affetto da loro, perché capivo che anche loro non ne avevano mai ricevuto.
Durante la notte si accese una forte discussione, Ismael aveva comunicato a Maryam che si sarebbe sposato con una seconda donna e che voleva crearsi un'altra fami-

glia; così com'era suo diritto fare. Lei però era contraria, ed ebbe il coraggio di dirglielo.

Lui le rispose che della sua vita avrebbe fatto ciò che voleva e che lei non doveva intromettersi e lei rispose che era sua moglie, e doveva essere l'unica. Nel frattempo io mi rigiravo nel letto, cercando di coprirmi le orecchie per non sentire le urla; ma iniziai a sentire dei fortissimi rumori e dovevo sapere cosa stava succedendo. Mi alzai e li raggiunsi e, come immaginavo, Ismael la stava massacrando di botte, stava sfogando tutti i suoi sentimenti su di lei, nonostante fosse incinta della quartogenita.

Lui corse in cucina e afferrò un coltello, uno di quelli con cui si tagliava la carne o il pane, e tornò da Maryam minacciandola con quell'oggetto in mano e intimandole il silenzio. Vidi Maryam piangere, era già gonfia e livida sulle parti del corpo che avevano attutito la rabbia di Ismael. Mi fece segno di andare via ma Ismael mi vide e mi urlò contro, chiedendomi cosa volessi, e di sparire.

Non so dove presi il coraggio o l'incuranza di rispondergli, ma lo feci, e gli dissi che doveva allontanarsi da mia madre con quel coltello o lo avrei ammazzato io stessa. Dopo avere espresso quelle parole, nella mia testa risuonò solo un tonante allarme di pericolo ma non mi schiodai da lì. Ed inspiegabilmente, Ismael andò a dormire. Il giorno seguente sembrò tutto normale, come se non fosse accaduto nulla.

Dopo qualche giorno Maryam pensò di sfogarsi con uno dei suo fratelli, telefonandogli. Suo fratello era già a conoscenza del secondo matrimonio, e la invitò a fare

un viaggio in camion con lui e i bambini perché ci rilas-
sassimo un pochino. Partimmo tutti insieme, fu un viaggio tranquillo finché non litigarono tra loro; da quel che
ricordo, sempre per via del secondo matrimonio di
Ismael, che nel frattempo si stava organizzando per i fe-
steggiamenti.

Ricordo bene però, che ad un certo punto, Maryam aprì
la portiera e si gettò fuori dal camion insieme a noi
bambini. Non successe nulla di grave, ma mia madre
portò il gesso e il collare per mesi. Ismael venne a conoscenza di tutto, e decise che ci avrebbe spediti tutti in
direzione Senegal.

Rimanemmo lì e fu difficilissimo, soprattutto a scuola,
che frequentavo assieme a mia sorella Astù. In Senegal
si studiava il Corano e il francese ed io, che ero sempre
vissuta in Italia, ero diventata di nuovo la straniera che
non conosceva la lingua. Venivo frustata dagli insegnanti, che spesso non sapevano come gestire la mia di-
versità, e tutti mi avevano presa di mira come la bambina occidentale. Sono stati due anni disperati, mi mancava la mia famiglia italiana a cui non mi ero mai arresa,
soprattutto Denise e Rose. Non mi era permesso nessun
contatto con loro e io ne soffrivo sempre tanto. Sentivo
di non essere nel Paese giusto per me, ero a disagio e mi
sentivo inadeguata. Iniziai ad isolarmi da tutti, non gio-
cavo con nessuno neanche con le mie sorelle e non mi
sentivo all'altezza degli altri. Nessuno fece mai nulla
per aiutarmi a stare meglio, beh... nessuno mi chiese
mai come mi sentivo. Evitavano tutti il problema ed

evitavano tutti me. Nel mio paese di nascita erano tutti a conoscenza dei mie problemi di salute, probabilmente pensavano che fossi contagiosa, una bambina da cui tenere lontani se stessi e i propri figli. Mia madre, Maryam, era la prima a vergognarsi di me e a vivermi come un problema. Condivideva con gli altri l'imbarazzo di aver portato al mondo questo essere umano incomprensibile e mi teneva lontana dalla socialità, per ridurre al minimo le spiegazioni.

Nella piccola città in cui vivevamo, Saint-Louis, c'era una famiglia che viveva di fronte alla nostra casa in cui i bambini avevano all'incirca la nostra età. Il bambino in particolare, lo avevo legato indissolubilmente al ricordo di Michael, gli somigliava ed ero terrorizzata all'idea che potesse avvicinarsi a me, ma frequentavamo la stessa scuola e le stesse vie; ed anche in quella occasione nessuno mi diede bado o mi credette quando espressi le mie preoccupazioni sia a Maryam che ad Astù.

Vivere in Senegal era difficile anche per i problemi di salute, i miei ma anche quelli di mia sorella. Sembrava essere epilettica ed era sicuramente sonnambula, ma non c'erano strutture o medici che potessero effettuare una diagnosi. In un paio di occasioni di sonnambulismo, Astù si lanciò fuori dal balcone di casa nostra, ed in un'altra occasione cercò di strangolarmi mentre dormivo. La fortuna ci aveva assistite tutte le volte, gli episodi col tempo scemarono ma rimanemmo sempre tutti preoccupati per il suo futuro e la sua salute.

RITORNO IN ITALIA

**Accompagnato dal brano:
"Un buon inizio" - Laura Pausini**

Passarono due anni prima che Ismael si rendesse conto che non potevo vivere in Senegal, nulla corrispondeva all'idea di me che aveva nella sua testa, così decise di riportarmi in Italia e precisamente a Trento, da Denise.

Fummo entrambe felici di questa decisione, ma stavolta Denise cercò di tutelarci e quindi ci fu un incontro con gli assistenti sociali in cui estesero un documento scritto in cui Ismael si impegnava a non avere ripensamenti e a non trattarmi come un pacco; per tutelare la mia salute fisica e psicologica. Denise era a pieno titolo mia madre e io ne fui felicissima. Naturalmente mi trovò regredita sotto diversi punti di vista.

Per la scuola decise di contattare una sua cara amica, Ruth, che faceva l'insegnante di matematica e con cui cercò di inserirmi in una scuola elementare vicino a quella che era diventata la nostra casa. Mi inserirono in terza elementare nonostante avessi dieci anni, mi sentii spaesata, le differenze tra me e i miei compagni erano tantissime. Con la maestra Ruth instaurai da subito un bellissimo rapporto e mi seguì per gli anni scolastici che passai in quell'istituto, insieme alla mia insegnante di sostegno Mya. Non ero un'alunna modello, non amavo studiare e facevo fatica ad impegnarmi. Denise concorde con gli insegnanti scolastici decise di farmi seguire anche a casa, scegliendo la figura di Iris, che oltre a farmi fare i compiti mi portava al parco giochi, mi teneva compagnia a casa con diversi giochi, come UNO, il mio preferito. In quegli anni, a cui seguirono le scuole medie, passai dei momenti bellissimi e indimenticabili; nonostante le difficoltà finalmente facevo una vita adeguata alla mia età. Partecipavo alle gite scolastiche, agli spettacoli e alle attività extra: andammo a visitare un campo di concentramento ad Innsbruck, facemmo l'orto, le rappresentazioni teatrali, eccetera.

Diventai una bambina solare e gioiosa, amavo stare al centro dell'attenzione e preferivo le persone più grandi di me; pensavo potessero proteggermi. Durante la frequentazione delle scuole medie iniziai anche ad andare a scuola da sola e Denise mi regalò il mio primo cellulare, per la mia sicurezza ma anche per la socialità.

Con quella che era diventata la mia famiglia adottiva avevo uno splendido rapporto, non solo con Denise, ma anche con Rose (che ricorderete) e le mie cugine acquisite Kate e Nicole. Purtroppo gli zii Frank e Rose, me li godetti poco, perché vennero a mancare durante la mia frequentazione alle scuole superiori. Ricordo come se fosse ieri il giorno in cui Denise chiamò a scuola chiedendo alle bidelle di parlare con me con urgenza. Capii dal tono della voce che doveva essere successo qualcosa di grave, e mi diede la brutta notizia; la morte di zia Rose. Mi raccontarono in seguito, che avevo lanciato il telefono per aria ed ero svenuta, mi fecero venire a prendere a scuola e dopo qualche giorno ci fu il funerale a Reggio Emilia. Ricordo ogni momento di quella giornata, fu uno dei giorni più dolorosi della mia vita, piansi tantissimo, per la perdita ma anche per non averla vissuta abbastanza. Strinsi la bara per tenerla vicina a me, e iniziai a parlare con il cadavere di Rose, avevo la sensazione potesse ancora sentirmi. Le mie cugine cercarono di separarmi dalla bara, mi venne davvero difficile, sentivo di aver perso qualcosa di fondamentale per me. Scrivere di lei mi causa lo stesso dolore, rimpiangerò per sempre il tempo e le parole perse con lei, non averle mai detto quanto le volevo bene. Sono sicura però, che adesso mi protegge e mi sostiene. Dopo la sua morte, le festività diventarono difficili, malinconiche; non amavo più neanche il Natale, mancava la magia.

Denise come madre è stata sempre meravigliosa, non mi ha fatto mancare nulla, soprattutto l'insegnamento dei valori e dei principi saldi. Sono stata una bambina anche viziata, lo devo ammettere, non ho mai seguito le regole; ma Denise non si è mai tirata indietro, e mi ha sempre trattata come una figlia biologica. Ci pensavano gli altri bambini a ricordarmi chi ero e da dove venivo, naturalmente il bullismo a scuola non è mancato, da 'sporca negra' ad altri appellativi, me ne sono sentita dire tante; fino a quando un bambino mi sputò in faccia. Denise fece più volte riunioni scolastiche, e col suo sostegno e quello degli insegnanti imparai a gestire questi avvenimenti e a crescere con serenità.

PRE COMING OUT E POST COMING OUT

Accompagnato dai brani:
"L'amore merita" - Le Deve
"Take me to church" - Hozier

Durante il mio percorso scolastico, oltre a frequentare vari corso di danza e canto, che rimane una delle mie più grandi passioni, iniziai ad avere le prime cotte. Ebbi un paio di fidanzatini durante la scuola, come tutte, con uno in particolare ci frequentammo per qualche anno insieme alle nostre rispettive famiglie, ma durante le scuole medie qualcosa in me cambiò. Nel tempo mi resi conto che osservavo le ragazze con occhi differenti, mi interessava molto cosa pensavano di me e mi sembrava di dover essere sempre alla loro altezza, anche se non ne capivo il motivo. Quando compii quindici anni conobbi una ragazza, Giada, aveva tre anni più di me, e avevamo tanti amici in comune. In quello stesso periodo decisi di lasciare il mio fidanzatino più duraturo.

Io e Giada uscivamo spesso in compagnia insieme, a me interessava solo passare del tempo con lei, decisi di chiederle anche l'amicizia sui social media pensando che così mi avrebbe notata ma non sembrò funzionare. Così mi dichiarai apertamente e lei mi spiegò che stava già con un'altra ragazza; ci rimasi davvero male e smisi di frequentare l'intera compagnia per un po' di tempo.

Anche incontrarla per strada mi recava disagio, ma non avemmo mai più nessuna comunicazione. La mia cotta per lei perdurò comunque, per cinque lunghi anni, non fu facile per me e mi convinsi a parlarne con le mie cugine, facendo così il mio primo coming out. Raccontai loro i miei timori, le mie perplessità, con stupore trovai in loro conforto e comprensione e mi spinsero a parlarne in famiglia. Passò un po' di tempo e scrissi a Denise una lettera in cui le spiegai i miei sentimenti per Giada. Non so di preciso quando la lesse ma da un giorno all'altro non mi rivolse la parola per una settimana intera, capii che avevo afferrato il concetto. Provai a parlarle ma si rifiutò, pensai che dovesse elaborare la notizia, riflettere. Capii allora e capisco ancora, che non dev'essere facile per un genitore comprendere appieno il significato di tutto questo. Dopo quella settimana di silenzio mi parlò, anzi, mi riempì di domande. Il dubbio principale era che il mio passato e le mie esperienze potessero in qualche modo aver cambiato la mia percezione delle cose, i miei interessi, le mie relazioni. Naturalmente non è così e anche lei lo comprese in seguito, quando iniziai ad avere le mie prime, vere relazioni. La mia prima storia fu con una ragazza di Milano, Jasmin, era di origini filippine; e anche se vivevamo in due città diverse cercavamo di passare insieme tutto il tempo possibile facendo su e giù con i treni che diventarono la mia seconda casa. Facemmo gite e vacanze insieme, vivemmo un anno bellissimo, ma col tempo distanza e fatica ci logorarono; interrompemmo la nostra relazione pacificamente ed è ancora un'amica.

SPAGNA

**Accompagnato dal brano:
"Ella y yo" - Don Omar ft. Romeo Santos**

Dopo un paio di anni, nel 2015, Denise mi suggerì di fare un'esperienza indipendente all'estero; era convinta che potesse essere positivo per me, sia a livello personale che scolastico. Decisi per Siviglia, una cittadina spagnola in cui trovai ospitalità presso una famiglia per due settimane; frequentando allo stesso tempo un istituto linguistico. Nell'appartamento che mi ospitò, c'era una ragazza brasiliana ed un'altra ragazza italiana, Angie che veniva da Bologna. Con quest'ultima strinsi una bella amicizia facilitate dalla lingua che ci accomunava, anche se non avremmo dovuto utilizzarla. L'istituto conteneva un gruppo misto, con ragazzi e ragazze da tanti Paesi, partecipammo a tante attività e gite e fu una bella esperienza. Durante gli ultimi giorni lì, conobbi sui social media Diane, una ragazza di origini cubane che viveva a La Spezia, e che era più piccola di me di due anni. Lì per lì non vi diedi peso ed iniziammo così a stringere una bella amicizia e continuammo a chattare fino al mio viaggio di ritorno. Mi chiese di incontrarci, di conoscerci al mio rientro in Italia; la cosa mi sorprese ma accettai senza esitazione. Pensai anche di dover mentire a Denise, perché non si preoccupasse pensandomi con una sconosciuta, quindi le dissi che mi sarei fermata da un'altra amica a Bergamo, prima di tornare a casa.

Il giorno del rientro, e del nostro incontro, ero tesa ed agitata; cercai conforto in Andrew, un carissimo amico, ma non funziono granché. Al mio arrivo in aeroporto, Diane si presentò con un cartello di benvenuta e delle rose, lo apprezzai ma fu davvero imbarazzante. Fuori pioveva tantissimo, entrambe non eravamo preparate, quindi optammo per l'utilizzo di un taxi che ci avrebbe condotte in hotel. Chiamai Denise per tranquillizzarla e poi mi dedicai a Diane. Ci sedemmo a parlare a lungo, raccontandoci di noi con naturalezza e serenità; finché non mi prese il viso e mi baciò, inaspettato e bellissimo. Iniziammo a fare l'amore, perdendo la cognizione del tempo; rinsavimmo per la prenotazione al ristorante. Durante la cena, la titolare del locale intuì che eravamo al nostro primo appuntamento e decise di offrirci una bottiglia di spumante. Diane insistette nell'offrirmi la cena, imbarazzata accettai e la ringraziai, poi uscimmo a fumare. Si avvicinò un signore che vendeva dei fiori, e Diane insistette per regalarmi altre rose, dicendomi che lo faceva con piacere e baciandomi ancora. Tornammo in camera dove stappammo ancora una bottiglia da bere in balcone ammirando le stelle, poi facemmo l'amore per tutta la notte.

L'indomani ci separammo con un'enorme tristezza nel cuore ma sicure di rivederci presto. Dopo poco tempo mi pregò di raggiungerla a casa sua per il tempo rimanente delle vacanze estive, ne parlai con Denise che non ne fu affatto contenta, infine la convinsi e dopo una settimana ci rincontrammo. Vivevo un miscuglio di sensazioni: gioia, nervosismo, agitazione, preoccupazione, imbarazzo. Cos'avrebbe pensato di me la sua famiglia?

Arrivai dopo un lungo viaggio, stanca ma felice, in stazione mi aspettava Diane con il suo fratellino e sua cugina. Ci abbracciamo e decise di portarmi la valigia fino a casa sua, dove ci aspettavano la nonna e il suo cane, di cui avevo molta paura.

La nonna di Diane, Lisa, non conosceva bene l'italiano ma comunicammo bene proprio grazie al mio corso a Siviglia, adoravo parlare in spagnolo e fu un'ottima occasione di allenamento.

Una volta sistemata, Diane mi chiese di uscire con sua madre e sua zia, io fui felice di conoscere la sua famiglia, era un gesto davvero importante, anche se l'imbarazzo era sempre alla porta. Rimasi in casa con tutta la famiglia per diverse settimane, fu l'estate più bella che io abbia vissuto fino a quel momento; facevamo così tante cose insieme, vivevo spensierata ed amata. Senza accorgermene arrivò settembre, dovevo tornare a Trento e a scuola. Non sapevamo quando ci saremmo riviste e ci salutammo dolorosamente.

Dopo quelle vacanze estive iniziai a cambiare radicalmente ed in maniera negativa. Soprattutto nei confronti di Denise, contro cui assunsi degli atteggiamenti a dir poco spiacevoli, litigavamo sempre più spesso e sempre a proposito di Diane. Nonostante le avessi raccontato il suo passato difficile, Denise sembrava non capirla o forse si preoccupava della valanga che mi stava travolgendo. Dalle litigate alle urla, alle mani, fu un attimo e dopo un paio di mesi decisi di scappare via di casa.

DIANE

Accompagnato dal brano:
"Nessuna conseguenza" - Fiorella Mannoia

Scappai il giorno di Natale del 2017, mentre Denise e Samuel (suo figlio) erano andati a fare la spesa. Lasciai un biglietto dicendo di non cercarmi più, che sarei stata bene ma che non volevo più sentirli; e chiusi i rapporti con la mia famiglia. Mi trasferii subito a casa di Diane. Inizialmente mi sentii libera e fiera, finalmente indipendente e sola, potevo decidere per me sotto ogni punto di vista. Invece, non fu così. Passai tre mesi in quella famiglia, tre mesi d'inferno. Diane aveva iniziato da tempo ad assumere droghe ed alcool, spesso contemporaneamente e io lo compresi solo in quel momento.
Lo faceva spesso davanti a me, e chiedendomi di partecipare. Invito che non colsi mai, anzitutto perché vedevo che effetti avevano su di lei e poi perché avevo il terrore del mio pregresso stato di salute. Col tempo lei peggiorò ed iniziò a mettermi le mani addosso, sembrava divorata da una foga di aggressività incontenibile, un giorno ebbe la forza di prendermi per il collo e sbattermi contro l'armadio per strozzarmi. Non voleva fermarsi, continuava a stringere, ricordai tutti i momenti in cui mia madre Maryam si era salvata dalle mani di mio padre, ma non sembrava che io avessi la stessa fortuna. A

salvarmi fu sua zia, che la staccò dal mio collo. Dopo quell'episodio la situazione si calmò, litigavamo ma solo verbalmente. Ma in me si era rotto qualcosa, nella mia mente e nel mio corpo qualcosa era cambiato. Iniziai ad avere attacchi di panico, crisi d'ansia, e iniziai a tagliarmi per poter alleviare il dolore che mi stava divorando dentro.

Mi portavano in ospedale due o tre volte a settimana, tante volte i medici ed il personale mi facevano domande e sembravano fiutare la situazione, volevano convincermi a denunciare ma io ero ancora troppo innamorata, forse convinta di proteggerla o convinta di poterla e poterci salvare.

Durante un ricovero, uno dei dottori mi convinse a prendere dei medicinali per alleviare la mia situazione; pensavo di stare meglio e quando non funzionavano aumentavo le dosi in autonomia, ma nella realtà aumentavano la sonnolenza e iniziai a perdere anche molto peso. Non ricordo neanche come stavo, come stavamo, non ricordo se le cose andarono meglio o peggio; pensavo soltanto a sopravvivere un giorno alla volta. Mangiavo e vomitavo, o non mangiavo affatto; in ogni caso a lei non piacevo più, mi ignorava o mi offendeva, non avevo più niente.

Mi ero fatta terra bruciata intorno, a causa sua certo ma era stata una mia scelta, non sentivo più i miei amici, avevo chiuso con la mia famiglia. Peggioravo di giorno in giorno finché non decisi di chiamare Denise. Iniziammo a sentirci e a riprendere i rapporti, lei che mi conosceva più di chiunque altro al mondo comprese il non detto in quelle telefonate ed iniziò a supplicarmi di tornare a casa. Venne a prendermi per ben due volte, ma io ero ancora immersa nella confusione e rifiutai ogni aiuto, ogni mano, anche la sua. L'ultima volta in cui decise di venirmi a prendere, anche la famiglia di Diane si alleò con lei, tutti sapevano che era l'unico modo per salvare almeno me. Le raccontarono ogni cosa, e Denise mi costrinse a tornare a Trento con lei. In un certo senso era finita, in un altro doveva ancora cominciare.

SERVIZIO CIVILE

**Accompagnato da
rumore bianco**

Tornata a Trento, Denise si rese conto di quanto fosse grave la mia situazione. Ero pelle e ossa, facevo paura allo specchio, a tutti tranne che a me... Le mie crisi d'ansia e gli attacchi di panico erano peggiorati, finii per aggredire fisicamente e verbalmente sia lei che suo figlio Samuel. L'impervia salita che mi aspettava cominciò con l'aiuto di uno psichiatra presso il centro di salute mentale della mia città, quanti paroloni per dire che avevo bisogno di aiuto; e questo era il primo passo per averlo.
Mi diagnosticò il disturbo bipolare, depressione ed anoressia causate dalla vita che avevo vissuto e dall'ambiente in cui mi ero ritrovata a vivere. Successivamente inserimmo il supporto di uno psicoterapeuta, quello non durò a lungo, mi sembrava di peggiorare rapidamente durante il percorso con lui e decidemmo di non proseguire. Forse non era il momento giusto, bisogna essere pronti a sentirsi dire o a dire determinate cose. In un certo senso mi aiutò comunque, suggerendomi di iniziare il servizio civile; suggerimento che convinse subito Denise. Inizialmente io rifiutai, mi sembrava solo una perdita di tempo; quale ventenne ha tempo per queste cose? Ma Denise fu ferrea, mi obbligò in tal senso, e

compilò per me l'iscrizione al bando l'ultimo giorno possibile. Mi accettarono nel programma e iniziai questo percorso con dei corsi di formazione, poi entrai in contatto con varie realtà: case famiglia, cooperative e quant'altro. Poi conobbi l'Anffas, Associazione Nazionale Famiglie di Persone con Disabilità Intellettiva e/o Relazionale.

Fin da subito fu difficoltoso per me interfacciarmi con quella realtà, rendermi conto che c'erano persone che stavano peggio di me, non riuscivo ad accettare la realtà; mi sembrava una punizione più che un aiuto. Spesso tornavo a casa piangendo, non riuscivo a sopportare tutto quel dolore, era il mio o il loro? Chiesi, pregai Denise di interrompere il servizio; ma lei fu tenace ed irremovibile e allo stesso tempo accogliente, mi sostenne e spinse a rimanere, a tentare. Iniziai a stringere dei forti legami sia con gli educatori che con i pazienti. Mi trovai davanti ad alcuni casi di disfagia (difficoltà a deglutire cibo solido o liquido), questi erano i casi che forse mi mettevano più in difficoltà. Non sapevo come essergli d'aiuto.

Io non volevo mangiare e loro non potevano mangiare.

Il senso di nausea mi assaliva e mi stringeva la gola.

E poi c'erano ragazzi giovani come me, con forti crisi di rabbia, erano violenti con sè stessi e con gli altri.

Davvero potevo aiutarli? Era come vedere me stessa, che differenza c'era tra me e loro? Arrivata a metà percorso mi accorsi che non c'erano solo giornate negative, facevamo tante attività, gite e laboratori che iniziarono a divertire anche me. Ripresi a mangiare, poco alla volta e le mie crisi diminuirono, iniziai ad uscire andando a ballare con gli amici ogni qualvolta mi fosse possibile. Alla fine del servizio civile mi sentii di dire agli altri che era stata l'esperienza più significativa della mia vita, avevo scoperto di essere, in un certo senso, fortunata e che avevo delle soluzioni che a tanti altri erano state negate. Avevo conosciuto persone straordinarie, che nonostante tutto sorridevano alla vita.

Capii soprattutto che piangermi addosso, sentirmi in colpa per come erano andate le cose e trovare scuse e giustificazioni, non serviva né a me né a chi, tenacemente mi era rimasta accanto.

La vetta era ancora lontana, ma il mio percorso era cominciato; lungo la strada avrei raccolto tanti strumenti che col tempo mi avrebbero aiutata ad arrivare in cima.

PSICOTERAPIA

Accompagnato dal brano:
"Ho paura" - Mose

A quattro anni dalla fine del servizio civile ed in seguito agli svariati episodi di crisi d'ansia e panico che mi portarono in ospedale, mi resi conto che stavo giungendo verso un altro capolinea. Parlai con Denise e Samuel confrontandomi in merito all'idea di intraprendere il percorso con una terapeuta, loro non erano affatto convinti che potesse aiutarmi memori dell'esperienza precedente. Dopo molte riflessioni ed insistenze da parte mia arrivai a conoscere le dottoresse Marta e Clarissa. Mi fecero una serie di test e parlammo a lungo del motivo per cui ero lì.

All'inizio non riuscivo ad aprire bocca, feci loro ascoltare una canzone che pensavo potesse rappresentarmi al meglio. Dopo l'ascolto iniziai a parlare senza più remore e raccontai loro del mio perenne vivere in uno stato di inadeguatezza, rabbia e frustrazione. Gli incontri proseguirono con Clarissa, a tu per tu. All'inizio ero a disagio nell'espormi con una persona del tutto sconosciuta, facevo fatica a fidarmi e ogni tanto mi arrabbiavo se lei insisteva nel farmi domande; mi faceva sentire obbligata a rispondere, o forse, obbligata a scavare in episodi che avevo sigillato e nascosto nella mia mente. Mi sen-

tivo giudicata, o forse ero io a non voler essere giudicata ed espormi così era come se camminassi nuda in
mezzo al mercato del rione. Inizialmente ho attraversato
un periodo talmente oscuro e profondo che la rabbia
verso me stessa e verso gli altri mi portò a lesionarmi la
pelle, tagliarmi, o a digiunare per giorni interi, sperando
che in qualche modo potessi arrivare alla fine, se non
della vita della mia sofferenza. Non trovavo più scuse
per il mio malessere, ero incatenata al mio dolore e non
vedevo alcuna via d'uscita. Avevo paura di me stessa, di
quello che potevo arrivare a fare, di chi mi circondava,
dei miei sbalzi d'umore, della mancanza di fiducia nel
mondo e nel futuro.

La parola Paura era diventato uno mostro che mi aspettava negli angoli di ogni luogo, speravo che nel frattempo qualcuno mi prendesse per mano facendomi uscire
dalle stanze della mia mente in cui vigeva un dolore di
sottofondo perenne ed insopportabile. Speravo che gli
altri mi riuscissero a capire senza parlare, a mio modo
sapevo che stavo chiedendo aiuto ma gli altri lo sapevano? Gli scheletri del mio passato mi perseguitavano,
avevo paura dei miei ricordi, vivevo un'ansia sociale
che mi convinceva a stare lontana da tutti, ero una persona da tenere lontana, in fondo me lo avevano fatto capire tutti.

Avevo paura di non potere più amare, non poter essere
più accettata da nessuno, odiavo stare da sola e al tempo
stesso temevo gli altri e i loro sguardi. Avevo paura soprattutto di deludere ancora Denise, farla finita mi sem-

brava la soluzione migliore per terminare le sofferenze di tutti ma non ne ebbi mai il coraggio, mi era stata data una seconda possibilità e io la stavo sprecando. Abbiamo tutti dei cassetti chiusi nel nostro inconscio, cose che non vogliamo rivivere e affrontare, ma io ne ero schiava. Inverosimile per una ragazza di vent'anni ma dovetti aprire con Clarissa tutti quei cassetti, tutte le tragedie vissute, era indispensabile per andare avanti. Le raccontai ogni cosa, anche di quella volta in cui la mia famiglia d'origine organizzò per me una falsa vacanza a Capo Verde per rispedirmi in Senegal a sposare uno sconosciuto. Le raccontai di quando mi feci accompagnare da Denise a casa di Maryam ed Ismael per farmi raccontare della mia infanzia, per raccontar loro i miei traumi, per trovare un equilibrio; ma ci buttarono fuori di casa incapaci di accettare la realtà e negando, soprattutto a se stessi, l'occasione di conoscere la verità, di conoscere me. Il cammino proseguì per diversi anni, fu lungo, tortuoso, e alla fine ci furono tante risate quanti pianti. Durante il percorso ritrovai il mio rapporto d'amore con mamma Denise, l'unica famiglia che ho davvero conosciuto.

A quel punto decisi, d'accordo con mamma, di cambiare aria e città, trasferendomi a Verona e continuando il percorso con Clarissa online, in realtà vivevo ancora la paura che Diane mi avrebbe rintracciata ma venni a sapere che Diane era venuta a mancare a causa di un'overdose, e quando mi giunse la notizia da sua zia provai una leggerezza inaspettata, come se avessero aperto le sbarre di una prigione nella mia mente.

A Verona la mia vita subì un cambiamento radicale, iniziai a lavorare e a mantenermi in parte da sola, tutto iniziava ad avere un senso. Stavo meglio con me stessa e riuscii a prendermi cura della mia mente e del mio corpo. Cominciai ad uscire e a vivere la mia età, partecipavo alle feste e conoscevo persone nuove, flirt ed amicizie inaspettate. Finché conobbi una persona in particolare che mi cambiò definitivamente senza che me ne accorgessi.

ALYSON

**Accompagnato dal brano:
"Quel filo che ci unisce" - Ultimo**

A fine 2022 conobbi Alyson, una ragazza italo-spagnola che viveva a Brescia. Le scrissi su un'app di incontri per fare amicizia poiché stavo già frequentando un'altra persona. Dai social passammo in fretta a scambiarci i numeri di telefono, chat e chiamate erano all'ordine del giorno. Passavamo le giornate a ridere e a raccontarci di noi, lei mi ascoltava e mi consigliava e anche lei iniziò a confidarsi con me.

Lei viveva ancora in casa con la sua ex, e questo mi turbò inizialmente ma cercai di razionalizzare, in fondo si trattava di un'amica. Iniziammo a fantasticare sul nostro incontro, senza mai programmarlo, fin quando mi chiese di uscire con lei ed i suoi amici in occasione della sagra del tartufo. All'inizio le chiesi del tempo per pensarci, infine cedetti e ci accordammo per il venticinque settembre.

Venne a prendermi a Verona facendosi il viaggio in macchina da sola e quando salii in macchina con lei la salutai con estremo imbarazzo, avevo le farfalle nello stomaco, partimmo verso la nostra destinazione ma io continuavo solo a guardarla pensando a quanto fosse bella. Eravamo entrambe tese ed emozionate, chiacchierammo tutto il tempo su un sottofondo musicale ed infine arrivammo ad un ristorante in cui cenammo con le sue amiche. Conclusa la cena, passammo da casa sua a controllare i suoi cagnolini e poi mi riaccompagnò a casa. Il giorno seguente decisi di incontrare la mia ragazza per chiarire la situazione che si stava creando, Alyson cercò di convincermi ad aspettare ma io le risposi che avrei chiuso con la mia ragazza.

La sera dopo la presunta chiusura, decisi di incontrare Alyson nella speranza di passare una serata spensierata. Quando arrivai mi sentii subito a disagio perché oltre a conoscere la situazione con la sua ex, mi trovai di fronte a cinque gatti di cui avevo il terrore. Lei mi tranquillizzò finché non fu Diamond (uno dei gatti) a prendere le redini della situazione chiedendomi di coccolarlo. Mentre mi rilassavo, Alyson mi chiese della rottura della mia relazione, cercai di chiudere in breve la conversazione che non avrebbe portato a nulla di buono. Mangiammo una pizza e guardammo un film, poi mi riaccompagnò a Verona per non fare tardi, ci perdemmo ancora in chiacchiere e risate e lei cercò di baciarmi, io istintivamente mi scansai, non ero pronta e non me lo aspettavo. Lei ci rimase male ma pensò che fosse legato alla mia recente rottura quindi cercò di tergiversare, e ci riprovò ancora... A quel punto ero rilassata e la accolsi, e fu un bacio memorabile, lungo e passionale. Perdemmo la cognizione del tempo e arrivò il mattino, eravamo state bene insieme ed entrambe eravamo spaventate. Iniziammo a frequentarci assiduamente, con gli amici dell'una e dell'altra, ci vedevamo negli hotel e consolidavamo il nostro rapporto.

Per il mio compleanno mi chiese di passare la serata con lei, mangiando il sushi, fu una cena romantica e dopo mi portò a Livigno per il weekend. Ci aspettava un mini appartamento tutto per noi con sauna e idromassaggio. Passammo due giorni meravigliosi e in quell'occasione facemmo l'amore. Fu dolce e inaspettato, il weekend, lei e l'amore.

Tornando da Livigno prendemmo coscienza del fatto che la nostra relazione stava prendendo una piega inaspettata. Dopo qualche mese Alyson ricevette dei messaggi sui social che la invitavano a starmi lontana e a stare attenta perché io sarei sempre stata una traditrice. Non mi ferirono questi avvisi quanto il fatto che lei vi credette, e mi allontanò. Decisa a farmi avanti le preparai una sorpresa, acquistando i biglietti del concerto di Ultimo che si sarebbe svolto l'estate successiva e lei fece la stessa cosa comprando i biglietti del concerto di Alessandra Amoroso che si sarebbe svolto da lì a poco, facendoci passare dei bellissimi momenti a Jesolo.

Arrivarono le festività natalizie col mese di dicembre, e la mia forte speranza era quella di riuscire a passarle insieme; speranza disattesa perché Alyson aveva promesso alla famiglia della sua ex che sarebbe stata con tutti loro, che era una cosa organizzata da tempo. Inutile dire che presi la notizia davvero male, passai la vigilia di Natale a casa sua, aspettandola, assieme ai suoi cani; sperando che cambiasse idea. Chiamai mamma Denise e delle amiche per sfogarmi, e compresi che ero stata ingenua a farmi trattare così. Non tornai a casa mia come volevo perché avevo promesso alla nonna di Alyson che avremmo passato il Natale insieme e non volli deluderla. Così facemmo, e così passo anche il Capodanno, insieme, a casa. Con l'arrivo dell'anno nuovo sperai che le cose si sarebbero sistemate, un nuovo inizio come si suol dire.

In seguito ad alcune avances della sua coinquilina/ex, mi feci nuovamente assalire dalla gelosia e insieme ad un gruppo di amici creammo un profilo social falso per metterla alla prova. Cosa che si concluse con Alyson che mi scopre e che mi mette nuovamente alla porta. Mi resi conto della gravità delle mie azioni, ma sembrava essere davvero tardi e ci allontanammo nuovamente. Continuammo a vederci e a sentirci, ci promettemmo di essere rispettose l'una con l'altra e di non cedere all'attrazione fisica che ci legava rimanendo amiche.

Cercavo di modulare anche la mia gelosia, che durante le serate e le feste mi mordeva il cuore feroce. Tempo dopo, cercando di costruire la mia autonomia, cominciai a guardarmi attorno per acquistare un auto; chiesi aiuto a mia madre e consiglio ad Alyson, dopo una serie di eventi inaspettati, mi ritrovai con un auto intestata a me, regalatami da lei. Per un po' non capii se ne fossi più felice o preoccupata, tutti mi avevano sconsigliato di accettare, eppure il pensiero che ad Alyson servisse una sorta di scusa per starmi vicina, per avere un legame suscitava una dualità di sentimenti contrastanti in me.

Da quel momento continuammo a sentirci assiduamente, se non altro per l'auto, ma entrambe stavamo soffrendo nel non stare insieme.

Io iniziai a far fatica a gestire la mia ansia ed il panico, e lei mi allontanò ulteriormente perché sapevo solo sfogare rabbia e delusione quando ci sentivamo. Il giorno di San Valentino che coincideva col suo compleanno decisi di farle una sorpresa regalandole tante rose quanti anni compiuti ma nel portarglieli a casa, d'accordo con la sua coinquilina, sbagliai treno e dovettero aspettarmi perdendoci un po' di effetto sorpresa ma facendoci tante risate. In seguito, riprovammo a sistemare le cose e per un po' andò meglio.

Cominciammo a passare i weekend insieme, con gli amici, le famiglie, altri concerti e feste.

Sembravamo felici e spensierate, ci furono altre discussioni soprattutto dovute alla mia gelosia ma Alyson mi sorprese ancora presentandosi al Pride di Trento, a cui tenevo molto mentre lei no, con una lunghissima lettera in cui esprimeva tutti i suoi sentimenti per me, chiedendomi di andare a casa sua per la serata.

Mi rifiutai e lei rimase delusa per l'ennesima volta, ma capii che per una volta avevo ascoltato me stessa, prendendomi del tempo per me, ascoltando le mie necessità a prescindere da lei.

Il giorno seguente lei era arrabbiata ma accettò di vedermi e anche io le consegnai una lettera piena di me.

In seguito iniziammo a vederci senza promesse, godendoci giorno per giorno, l'amore che provavamo era davvero forte e trovavamo ogni scusa per stare insieme.

Passammo un'estate stupenda, e decidemmo di iniziare una terapia di coppia, sperando di trovare il sistema per stare insieme con gioia e serenità per entrambe; ma non funzionò, Alyson mi lasciò nuovamente perché era stanca di non vedere cambiamenti.

Dapprima lei ed in seguito anche io, avemmo altre relazioni, dopo l'iniziale rabbia e tristezza, entrambe cedemmo alla profonda esigenza di ritrovarci e l'estate ancora successiva, iniziammo a passare del tempo insieme quotidianamente, finché Alyson non mi chiese di convivere con lei.

Ne fui subito terrorizzata, viste le mie pregresse esperienze, ne parlai con amici, con famigliari e più a lungo con me stessa. Infine, decisi di provarci ed eccoci ancora qui, insieme. Insieme con la famiglia che abbiamo costruito, noi due, i nostri due cani i nostri due gatti, ci credereste che alla fine convivo con dei gatti?

Sono fiera ed orgogliosa dei passi avanti che abbiamo fatto e conoscendo il risultato, farei e rifarei tutto da capo ogni giorno. Non so cosa ci riserverà il futuro, so che dopo tanta sofferenza è arrivato il momento di essere felici, ce lo meritiamo.

BIG FAMILY

Accompagnato dai brani:
"Amico mio" - Giusy Attanasio
"Si a cumpagna mij" - Sara Pellegrino

Un ultimo messaggio che voglio lasciarvi è quello relativo all'amicizia, quel legame che ci scegliamo, che però va curato con fiducia, rispetto ed onestà. Nella vita ho conosciuto tante persone, credevo fossero amici e si sono identificate come tali per tanto tempo. Ammetto che lo sono state e non rimpiangerò mai il tempo trascorso insieme, però nel tempo ho capito che spesse volte mi sono sentita usata. Avevo paura di rimanere sola e questo mi ha indotta ad accettare comportamenti che con la maturità di adesso, avrei solo dovuto lasciar andare. Ricordo con tanto affetto Manuel, avevamo un rapporto particolare, ci riuscivamo a raccontare i dettagli più intimi dei nostri sentimenti; eravamo come fratello e sorella. Litigavamo naturalmente, ma di base eravamo uniti da lealtà e rispetto e ci ritrovavamo sempre. Nel tempo il nostro piccolo gruppo si allargò, ci riunivamo per le festività, per i compleanni, ci facevamo sorprese, regali; cercavamo di passare il tempo insieme, tra chiacchiere e risate.

Eravamo come una Big Family. Nel tempo all'interno del gruppo si crearono relazioni d'amore, che tutti sostenevamo con fervore, mettendoci in mezzo alle liti di coppia, snocciolando consigli e svolgendo le nostre mansioni di amici del cuore. Quando decisi di andare a vivere a Verona lo comunicai al gruppo e rimasero tutti piuttosto spiazzati, cercai di tranquillizzarli e di rimanere presente nonostante il trasloco; ma non successe la stessa cosa da parte loro. Nel tempo, i rapporti scemarono, e nonostante venissero a Verona non trovavano mai il tempo di vedermi; non tutti perlomeno. Anni fa, quando iniziai il percorso terapeutico con Clarissa, non avevo ancora tutti gli strumenti per poter affrontare i miei traumi, che mi sembravano più gravi di quanto realmente fossero. Inizialmente decisi di allontanarmi dal gruppo, sperando di riuscire a risolvere i problemi per conto mio, ma anche quando chiesi aiuto, a Manuel in particolare, mi sentii abbandonata. All'inizio li giustificai pensando che ognuno aveva la propria vita ed i propri mostri da affrontare, ma nel tempo non ressi a questa delusione e tagliai i ponti con tutti.

Dopo il trasloco decisi di dedicarmi a me, come non avevo mai fatto, riconobbi le mie emozioni e i miei sentimenti e rividi gli eventi con lucidità e razionalità. Quando iniziai la mia relazione con Alyson ero pronta a dare alle mie amicizie e a me stessa una seconda possibilità, quando ci si allontana delle volte è sufficiente tornare sui propri passi, a metà strada verso l'altro, che se vorrà ti aspetterà lì; al punto di partenza. I rapporti tornarono come prima e anche Alyson si unì di tanto in tanto al gruppo, con un po' di disagio poiché ogni tanto saltavano fuori elementi scomodi del mio passato. In realtà, le cose non andarono bene a lungo, perché non c'era quasi mai posto per me nelle loro auto o ai loro eventi, e nel tempo la delusione fu di nuovo più grande per un legame che forse non ci univa più. Compreso quello con Manuel, che in occasione del gay pride a stento mi rivolse la parola. Ne parlai con Denise e con Alyson e mi convinsi che la vera amicizia non poteva essere fatta di abbandono ed evitamento.

Ad oggi non so come procedano le loro vite, quando torno a Trento ho quasi timore di incrociarli, soprattutto Manuel, che è stato un fratello per quasi dieci anni della mia vita e insieme ne abbiamo passate tante. Non ho il coraggio di scrivergli, né di scrivere a nessuno di loro, non so se voglio sapere perché le cose sono andate nuovamente così, non voglio sentirmi di nuovo abbandonata da qualcuno. Gli auguro il meglio perché lui in particolare lo merita, ha affrontato tante battaglie nel corso della sua vita, e in alcune mi piace pensare di averlo supportato come lui ha fatto con me. Durante il mio percorso di consapevolezza ho compreso meglio i rapporti di amicizia, so che alcuni possono andare e venire, e sono grata a tutte le persone che ho conosciuto ed incontrato, che mi hanno resa l'Amina che sono oggi. Ci fu Kate ad esempio, una delle prime persone con cui feci coming out, che mi rimase vicina anche durante la rottura con Diane e anche se nel tempo non ci siamo sempre sentite e rimaste accanto, nei momenti di reale necessità ci siamo sempre ritrovate.

Con Ellen ho instaurato un bellissimo rapporto bastato sulla sincerità, non mi ha mai fatto mancare la sua presenza e i suoi consigli, anche quelli più dolorosi. Fanny, che nel tempo diventò la moglie Ellen, fu un fulmine a ciel sereno, un legame subito solido; ho dei bellissimi ricordi legati soprattutto al loro matrimonio. Ho la fortuna di avere nella mia vita persone molto mature, capaci di relazionarsi e affrontare le difficoltà della vita. Non so per quanto tempo rimarranno nella mia vita, so però che grazie a loro, sono una persona migliore. Con Fanny ed Ellen in particolare, che ritengo due sorelle, mi sono sempre sentita libera di esprimermi senza essere giudicata, mi hanno sempre incoraggiata e non mi hanno mai fatto sentire sola, tendendomi le loro mani.

Grazie a loro ho compreso cosa vuol dire esserci davvero, compiere i piccoli gesti che ti fanno sentire amata e nel tempo ho ricostruito una Big Family che mi sostiene e che amo.

FINALE

**Accompagnato dal brano:
"Ho creduto a me" - Laura Pausini**

Il brano scelto per concludere questo viaggio insieme esprime questo cammino lungo e tortuoso. Scrivere tutto questo non è stato semplice, ho scavato nella mia mente, ho fatto rivelazioni ma soprattutto ho fatto i conti con me stessa, realizzando uno dei più grandi sogni della mia vita.

Ho cercato di rispettare i miei tempi, di ascoltare me stessa, quindi questo scritto giunge a te così come ho sempre desiderato. Spero con questo testo, di riuscire ad aiutare le persone, soprattutto le donne e vorrei chiudere aggiungendo alcune dediche...

Spero di preservare la vita di qualcuno, soprattutto di chi ha meno coraggio, meno aiuto, meno amore di ciò che infine, ho avuto io. Sono stata testimone di questa storia così come di tante altre, e non so cosa mi riserverà il futuro ma so che ora tocca a te. Tocca a te farne parte, condividerla, renderla potente ed utile per chi come me, come te, ha sofferto. La vita è qui, la vita è nostra e ricorda che devi aver sofferto per dire che hai amato. Non avere paura, ama.

◆◆◆◆◆◆◆◆◆

RINGRAZIAMENTI E DEDICHE

Vorrei dedicare questo libro a tutti coloro, uomini e donne, che hanno o che stanno subendo violenze fisiche e psicologiche. Sii forte e circondati di persone amorevoli.

Voglio dedicare questo libro a Diana e alla sua famiglia, che mi hanno insegnato a stringere i denti ed andare avanti.

Voglio dedicare questo libro a mamma Daniela, che è stata più che una madre, ha sempre lottato per me, creduto in me e le dovrò sempre la vita.

Voglio dedicare questo libro a zia Rachele, che mi ha resa la persona che sono oggi e spero sia orgogliosa della sua nipotina, proteggimi anche da lassù!

Vorrei dedicare questo libro a Chiara, la persona che mi ha letteralmente salvato la vita per la seconda volta, ti voglio un bene immenso.

Voglio dedicare questo libro a tutta la mia famiglia Simone, Francesca e Mauro, Mattia, Katia, Nadia, Massimo, Celeste e Gloria; per il supporto che mi hanno dato.

Voglio dedicare questo libro ad Alice, che nonostante tutte le battaglie ha scelto di amarmi ed essermi fedele, tutto questo non ha prezzo.

Voglio dedicare questo libro ai miei genitori biologici che hanno costruito il mio futuro.

Voglio dedicare questo libro alle mie vecchie e nuove amicizie, per l'affetto che mi hanno dimostrato e per il sostegno.

Vorrei dedicare questo libro a i compagni di scuola, maestri e docenti, vi voglio bene.

Vorrei dedicare questo libro ad Antonella Scalise, per il grandissimo lavoro fatto insieme su questo libro, e perché dal principio ha creduto in me, ti voglio bene.

Vorrei ringraziare tutti voi per aver avuto coraggio, fidandovi di me e di questo libro.

Vorrei dedicare questo libro a tutti i miei artisti musicali preferiti, menzionati e non: Laura Pausini, Tiziano Ferro, Marco Mengoni, Emma Marrone, Alessandra Amoroso, Michele Bravi, Ultimo, Nyv, Giordana Angi e Laura Ciriaco. La vostra musica negli anni mi ha accompagnata quando ne avevo più bisogno, in alcune occasioni mia ha cullata e salvata senza che me ne rendessi conto. Vi sono grata.

Ed infine, non per minor importanza, vorrei dedicare questo libro a me stessa. Per il coraggio che ho dimostrato nel corso della mia vita nonostante io abbia vissuto nella paura e nello sconforto per molti anni, ho sempre trovato modo di rialzarmi. Ho sempre vissuto la vita come se fosse quella di un'altra persona, dicendo a me stessa "passa anche questa volta, te la caverai", chiedendo poche volte perdono a chi invece si sarebbe meritato molto di più, scappando dalle mie responsabilità fino a farmi crollare il mondo addosso. Mi sono ritrovata spesse volte a mentire, ma non l'ho mai fatto con me stessa.

Con questo libro spero di redimermi, ma soprattutto di confermare che credere in se stessi è fondamentale, la cosa più importante nella tua vita sei tu!

BIOGRAFIA

Amina Cisse, nata in Senegal nel 1995, ha vissuto da sempre a Trento che considera a tutti gli effetti la città in cui si sente a casa.

È un'attivista contro discriminazioni e violenze.

È autrice di DEVI AVER SOFFERTO PER DIRE CHE HAI AMATO, libro edito da Edizioni We.

INDICE

www.ingramcontent.com/pod-product-compliance
Lightning Source LLC
Chambersburg PA
CBHW051254160726
47994CB00003B/1154